LE MÉRITE DES HOMMES.

EPITRE A TOI.

Par Louis César.

Un juste retour sur moi-même,
Me rend indulgent aux erreurs;
Grondant les humains, je les aime,
Ils ont ma censure et mes pleurs.

A PARIS,
Chez les Marchands de Nouveautés.

1804.

PRÉFACE.

Il faut, mes chers lecteurs, que je vous dise (en vous demandant pardon de la liberté grande) ce qui m'est arrivé dans une des meilleures sociétés de la capitale ; imaginez-vous que, moi chétif, j'ai eu la hardiesse de lire mon *Mérite des Hommes* devant de très-beaux *Messieurs*, et de très-belles *Dames* ; on m'a fort applaudi, c'est l'usage ; mais par bonheur, ou plutôt par malheur, le maître de la maison m'avait ménagé une place dans un petit cabinet, où l'on entrait par une porte dérobée, et dans lequel, sans être vu, on entendait parfaitement ce que disaient les *beaux Messieurs* et les *belles Dames ;* au milieu des applaudissemens dont j'étais couvert, je pense donc à ce cabinet, où j'espérais savourer encore mieux la gloire ; je tire ma révérence, et je sors de l'assemblée, comblé des éloges les plus flatteurs, j'étais *charmant*, j'étais *divin*, enfin, j'étais bien des choses.

Impatient de savoir si l'on me trouvait bien véritablement charmant, bien véritablement divin, je vole au cabinet; je gratte à la porte, on m'ouvre; j'entre tout doucement; je m'assieds sur une chaise, en retenant mon haleine; je me blottis; je me fais tout petit; et, le corps plié en deux, la tête en avant, l'oreille ouverte, me voilà aux écoutes. D'abord, j'entends de grands éclats de rire; oh! oh! me dis-je à moi-même, le pauvre auteur! ah! ah! ah! c'était un jeune fat qui s'épanouissait la rate à mes dépens, et dont je reconnus très-bien l'organe flutté. Le pauvre auteur! il est bon avec ces *vois, vois, vois, il croit nous montrer la lanterne magique.* — Ces *vois* m'ont toujours paru bien placés, répondit une personne raisonnable, et c'est tout au plus si on les trouve cinq fois dans toute l'épître. — C'est égal, reprit, en éclatant de rire, une jeune étourdie, *la lanterne magique*, le mot est bon; je le retiendrai; *la lanterne magique!* en vérité, je suis folle de *la lanterne magique*. Et mon fat de se rengorger: On va me demander si je l'ai vu, à travers la serrure, non; mais je ne l'entendis plus: et tout fat qui se tait, se rengorge.

Pendant tous ces beaux discours, moi chétif, j'étais cloué sur ma chaise, pas trop content, car, au-lieu d'encens, j'avalais des pilules; mais l'espoir, l'espoir, colonne des malheureux, me soutenait encore; que devins-je lorsque j'entendis une grosse voix qui tonnait contre moi, parce que j'avais eu la hardiesse de dire:

Tout institut est respectable,
Fût-ce celui de Charenton.

C'était abominable! j'avais insulté la science en personne. — Certainement (reprit, d'un ton sec, une espèce de ragotin, qui m'avait interrompu plusieurs fois pendant ma lecture, et qui paraissait l'oracle de la société), certainement, s'attaquer à des banquiers, c'est fort mal; car ce sont de très-aimables gens, sur qui tout roule, et la fortune est très-bien entre les mains *de ceux* qui savent en faire les honneurs. Le ragotin avait appuyé sur les mots *de ceux*, pour couper sa phrase. J'étais tout étonné, il me semblait que c'était à la grosse voix à prendre le parti des banquiers, et à la voix séche de prendre le parti des faux savans. — Quels sont ces gens-là, demandai-je tout bas au maître de la maison! — Comment, me répondit-il, il faut vous le dire, le défenseur des pédans, est un banquier; le défenseur des banquiers, est un pédant; chacun se rend la monnaie de sa pièce: *asinus fricat asinum*. — Pardonnez mon ignorance, repris-je alors; mais s'ils sont ânes tous les deux, ce que je vous accorde, convenez que ce ne sont pas des ânes de la même espèce; l'un est l'âne de Plutus; et l'autre........ J'allais m'égayer aux dépens de ces deux messieurs; mais, pendant ce tems-là, on s'égayait aux miens; et, pour ne rien perdre, il fallut se taire. — En vérité, disait une femme, d'un ton des plus picottans, ces petits auteurs me font rire avec leur morale; il semble, à les entendre, qu'on ne puisse être heureux que dans la solitude, avec son mari, avec ses enfans; la belle chose que de jouer avec des marmots, au coin de son feu! — Ah! vous avez bien raison, madame, reprit une belle indolente, la solitude, les plaisirs bourgeois, c'est ma mort. L'on est fait pour la société, pour ses amis; il faut voir les bals, les spectacles, si l'on veut vivre; de quoi peut-on parler, quand on n'a pas vu tout cela? C'est ce qui éclaire l'esprit; ce qui nourrit la sensibilité; je ne me vante de rien, mais je n'ai jamais pu voir souffrir *Rosette* ou *Raton*, sans en avoir la migraine. — Et ces vers, madame, dit le ragotin;

> Ma fille, jà toute friponne,
> Reçoit deux bons soufflets, pan, pan.

Qu'en pensez-vous, madame, qu'en pensez-vous? — Ah! comme c'est grossier! — Il me semble pourtant, repartit la personne raisonnable, que les *deux bons soufflets* sont bien adoucis par ces deux *pan, pan*. Prononcez ces mots d'une voix douce, et vous le sentirez. — Il s'agit bien de prononcer, reprit le ragotin, en colère, je lis ce qui est écrit. — Mon cher monsieur, savez-vous lire, criai-je du fond de mon cabinet, qu'en pensez-vous?

Ma voix fit l'effet du tonnerre; elle ne tua pourtant personne; mais elle dissipa l'assemblée. A présent, mes chers lecteurs, je vous avouerai que tout ceci n'est peut-être qu'un vrai conte. — Nous faire un conte, morbleu! — Eh, messieurs, tout doux, il ne vous a pas tant coûté qu'à moi.

LE MÉRITE DES HOMMES.

ÉPITRE A TOI.

Tu veux le mérite des hommes !
Ton désir fut toujours ma loi ;
Mais vraiment, au siècle où nous sommes,
C'est par trop exiger de moi.

Pardon si, forcé par la rime,
De notre siècle je médis ;
Ne peut-il commander l'estime ?
On sait fort bien qu'au tems jadis,
Prôné par maint chétif apôtre,
Le chemin glissant des vertus
N'était pas plus frayé qu'au nôtre ;
Dès long-tems nous sommes déchus ;
Et convenez, nos bons vieux pères,
Que vous valiez autant que nous,
C'est-à-dire, ne valiez guères ;
Ainsi, quitte à quitte avec vous.

« Je voulais une apologie,
» (Diras-tu bénévolement) ;
» Et pourquoi de la raillerie » ?
Pourquoi ! j'avouerai franchement
Que trouvant déjà difficile
La critique faite avec goût,
Un éloge m'est peu facile,
Et celui des hommes sur-tout.
Je veux donc suivre mon envie ;
Je veux, en variant mon ton,
Joindre la piquante saillie,
A la douce et noble raison ;

Oui, du bon Momus qui m'anime,
Saisissant l'esprit à propos,
Je veux frapper, à tour de rime,
Sur l'essaim des risibles sots.

Mais quoi ! sans ruser davantage,
Voilà *madame* qui sourit,
Brûle de voir fondre l'orage,
Dont sous cape elle s'applaudit
Avec sa friponne de mine ;
Ta voix marmotte : *ha ! bon cela !*
Voyons si sa muse badine
Pince bien tous ces messieurs-là ;
Commencez, grand maître d'escrime !
Il faut obéir au lutin,
A toi, folle souvent sublime,
Vrai diable tout-à-fait divin !

Quand *la meilleure compagnie*,
Dans un superbe appartement,
Près d'une table bien servie,
Dîne enfin très-gloutonnement,
Vois le *Banquier* à large face,
Qui, fier d'un million d'écus,
Juge sans rappel au Parnasse,
Et fait part de ses apperçus
Soutenus d'excellent Champagne ;
Pour l'écouter, chacun se tait ;
Permis de battre la campagne,
Et radoter tant qu'il lui plaît ;
Il a beau détester *Corneille*,
Aimer *Brunet* par-dessus tout,
Bien haut, l'on se dit à l'oreille,
Mon Dieu ! que cet homme a du goût !

Comme il voit loin! ah! quel œil d'aigle!
Lors, soufflant deux coups du meilleur,
Après ce, notre gros espiègle
Ricane, et répond: *trop d'honneur;*
J'ai de l'esprit, mais sans finesse.
Il a ri, chacun fait chorus;
C'est le vacarme de l'ivresse,
Dans lequel on ne s'entend plus,
Et qui, cependant, fait merveille;
Car, le lendemain, que d'heureux,
Jouissant encor de la veille,
En songeant encor au vin vieux!

Mais aujourd'hui, c'est autre chose;
Chacun vante le lourd Crésus,
Chacun l'accable d'une dose
De complimens fort bien conçus
Qui gonflent son impertinence;
Il a la probité, l'honneur,
C'est tout simple, il a la finance;
Fripon riche n'est plus voleur.

A vingt ans docteurs en Garonne,
Vois ces aimables *Parisiens*,
Déjà menteurs comme personne,
Déjà trop impudens vauriens,
Se donner *de charmantes dames*,
Qui les aiment, *c'est étonnant!*
Et se plaindre qu'avec les *femmes*,
Le bien vient toujours en dormant.
Mais c'est leur langue mensongère
Qui, Dieu merci, fait tout le mal;
Et quelle est leur place de guerre?
J'en rougis! le *Palais Royal*.

Riant toujours, et toujours triste,
Vois ce *pauvre homme,* homme des sots,
Ce glacial panégyriste,
Grimaçant à chaque propos;
Ce lourdaud qui, pour être aimable,
Suant toujours sous son harnois,
Trouve enfin un mot pitoyable,
Que ses pareils ont dit cent fois;
Et, de plus en plus ridicule,
Entends cet insipide oison
Nous corner après, sans scrupule,
J'aime la conversation.
Avec une froide impudence
Il clabaude sur le prochain;
Pourtant, si quelqu'un s'en offense,
Il reprend vîte un ton benin;
Mais c'est un homme de mérite,
Dont il ne faut point parler mal,
Tout le monde s'en félicite,
Et je me trouve original
D'ôser attenter à sa gloire.
Vous voit-il, *je pensais à vous;*
Puisqu'il le dit, il faut l'en croire;
Il demande, d'un ton si doux,
Comment se porte la famille,
L'oncle, la tante, le cousin,
Le père, la mère, la fille,
Et la petite chienne enfin?
A l'affût de maints personnages,
Les reconnaissant du plus loin,
Pour leur rendre ses plats hommages,
Il court comme un basque au besoin.
Il sait que devant la *naissance,*

Il faut encor un peu plier;
Et ce qu'on doit à l'*opulence*,
Il n'a garde de l'oublier
Celui qu'on appelle un *bon-homme*;
C'est qu'aussi l'on s'y connaît bien;
Sont-ce les vrais saints que l'on chaume?
Mais chut, et ne disons plus rien.

Observe, tout à sa chimère,
L'insatiable *ambitieux*,
Dans son audace téméraire,
S'élevant d'un vol périlleux
Au faîte de sa triste gloire;
Alors, malgré de vils flatteurs,
Il ne peut s'empêcher de croire
Au néant affreux des grandeurs;
Mais rongé de cuisantes peines,
On le voit, esclave orgueilleux,
Sourire à ses brillantes chaînes,
Et lever son front nébuleux.
Rendant souvent insupportable
Le pouvoir passé dans ses mains,
Son fatal égoïsme accable
Et détruit des milliers d'humains.

Je voudrais, d'une touche mâle,
Te peindre à grands traits ce méchant;
Te montrer son visage pâle,
Son regard toujours arrogant,
Le noir chagrin qui l'environne,
La mort dont l'aspect le confond,
Et la palme qui le couronne,
Flétrie et pesant sur son front.

Heureux ! qui peut passer sa vie,
Loin du perfide tourbillon,
Et, sans mépriser la folie,
Suivre la voix de la raison;
Heureux ! qui sans inquiétude,
Sur les vains projets des mortels,
Sait jouir, dans la solitude,
De biens et de plaisirs réels;
Heureux ! qui passant sa journée
Dans un travail laborieux,
Et, d'une main peu fortunée,
Secourant quelques malheureux,
Le soir, dans son réduit agreste,
Entouré de jolis enfans,
D'une épouse, tendre, modeste,
Reçoit les doux embrassemens,
Et les lui rend avec usure:
Comme il la presse dans ses bras !
O nœuds sacrés ! volupté pure !
Vous avez toujours des appas;
Epoux, que la vertu rassemble,
Comptez, comptez sur d'heureux jours;
Vous seuls éprouverez ensemble,
Que le tems ajoute aux amours.

Je rêve à toi, ma tendre amie,
En te peignant le vrai bonheur;
Je rêve, et la mélancolie
S'insinue au fond de mon cœur;
Mais sachant bannir la tristesse
(Qui ne sert qu'à rendre méchant),
Plongé dans une douce ivresse,
Je fais délicieusement

Nombre de *châteaux en Espagne*,
Que je vois se réaliser;
Je vois sourire ma compagne,
Et mes enfans me caresser;
« *Comme ils ont les traits de leur mère*
» *Ces attendrissans polissons !*
» — *Comme ils ont les traits de leur père* »!
Et là dessus nous bataillons.
Après, vient la saine morale
(Sur-tout faite pour les enfans);
Là, point de maître qui l'étale,
Mais une mère aux doux accens
Qui, vertueuse sans grimace,
Et sublime sans gravité,
Au niveau des enfans se place,
Rend touchante la vérité,
Charme, élève, agrandit notre ame.
Soumis alors par ta bonté,
Je me jette aux pieds de ma femme,
En disant: *tu l'as mérité.*
Dans ces momens remplis de charmes,
Nous pouvons mal nous exprimer;
Mais nos enfans voyant nos larmes,
De nous prennent leçon d'aimer.

A cette inépuisable ivresse
Succède un enjouement heureux;
Dans sa douce et vive allégresse,
Se livrant aux aimables jeux,
Chacun rit, plaisante, ou badine.
Monsieur se moque du *lutin*,
Le *lutin* fait un peu la mine,
Monsieur n'en va pas moins son train;
Nos enfans te voyant si bonne:

Mais, c'est un ange que maman!
Ma fille, jà toute friponne,
Reçoit deux bons soufflets, pan, pan,
Par lesquels j'impose silence;
Puis, ton gros joufflu folâtrant,
Pour égaliser la balance,
De *madame* en reçoit autant;
Et de ta candide menotte,
Fier d'avoir le *soufflet* chéri,
Voilà notre *diable* en culotte,
Embrassant mon *diable* attendri.

Ainsi, des biens de la nature
Jouissant avec liberté,
Nous aurons d'une cache obscure
Ennobli la rusticité;
Sans les filer d'or et de soie,
La Parque ourdira de bon cœur,
Tous nos jours coulant dans la joie,
Dans l'innocence et le bonheur.

Mais, de la mesquine critique,
J'entends les mesquins zélateurs,
Me crier d'être laconique;
Ecoutons ces fameux docteurs.
L'un, trouve long mon épisode;
L'autre, le trouve déplacé;
Chacun censurant à sa mode,
Trouve l'auteur vraiment ôsé.
Il est l'heureux mortel peut-être,
Disent les tristes pointilleux;
Eh non, messieurs, je voudrais l'être,
J'y tends du moins de tous mes vœux.
Mais laissons mon apologie;

Le bon *La Fontaine* l'a dit :
Vous répondre est chose infinie ;
Moi, je n'ai pas assez d'esprit.

Si j'étais ce *savant gothique*,
Qui sait tout sans comprendre rien ;
Je pourrais prouver sans réplique,
Que mon ouvrage est toujours bien ;
Et sabrant *Homère*, *Virgile*,
Martyrisant tous les anciens,
A mes dépens, vrai docte-gile,
Amuser les bons *Parisiens*,
En leur criant d'une voix forte :
» Je suis auteur et traducteur ;
» Je fais des vers de toute sorte,
» Et j'ôse dire avec honneur ;
» Pardon si j'ôse, moi modeste,
» Mais c'est pour me fermir le cœur ;
» On sait que du *Public*, au reste,
» Je suis très-humble serviteur.

» Lorsque j'ai traduit un ouvrage,
» Par une préface sans fin,
» Je vous convainçs, à chaque page,
» Que mon auteur est tout divin ;
» Qu'il n'est que lui sur le Parnasse
» Qui puisse prétendre au laurier,
» Et qu'Apollon toujours le place,
» Des premiers poëtes le premier.
» Je sais vous démontrer ensuite,
» Que jamais aucun traducteur,
» Malgré mon très-faible mérite,
» N'a si bien saisi son auteur.
» Puis, j'argumente, je compare,

» Malheur à chaque devancier !
» Je bataille, sans dire gare,
» Et suis ferré sur le métier.

» Composé-je? c'est autre chose;
» Sur mon livre, en tête, j'écris,
» Le très-noble mot, je compose.
» Pour bien disposer les esprits,
» Demandant d'abord indulgence,
» De certains amis éclairés,
» Toujours prodigues de science,
» Je rapporte aux badauds leurrés,
» Les encourageantes paroles,
» Les éloges un peu flattés,
» Les complaisantes paraboles,
» Tous faits, par moi seul inventés;
» Cela fait prendre mon ouvrage,
» Qui se soutient un mois ou deux;
» Je deviens un grand personnage
» Aux yeux des sots toujours nombreux,
» Et je vole à l'académie.
» Puis-je accrocher ce bel honneur
» C'en est fait, je suis un *génie*,
» A qui n'en convient pas, malheur!
» Prenant alors un air capable,
» Je hausse fièrement le ton :
» *Tout institut est respectable*,
» *Fût-ce celui de Charenton.*
Mais je te fais là, mon amie,
Leur aveu, qu'il ne font jamais;
Laissons donc la pédanterie,
Et passons à d'autres portraits.

Vois ce fat qui, par gloriole,

Se ruine pour s'ennuyer ;
Qui, guidé par sa tête folle,
De l'amour faisant un métier,
Valeureux champion de coulisses,
Perd et sa bourse et sa santé,
Avec des friponnes d'actrices.
Par l'ennui toujours tourmenté,
Sans esprit, sans délicatesse,
Il ne peut charmer son loisir;
Et sa fatiguante richesse,
Repoussant le badin plaisir,
Pour passer le tems qui se traîne,
Alors, intrépide joueur,
Il marche, à sa perte certaine,
Entre l'espoir et la fureur.
Bientôt, plongé dans l'infortune,
Accablé d'un juste mépris,
Traînant d'une vie importune
Le frêle et douloureux débris;
Pour ainsi dire mort d'avance,
Effrayé du fatal miroir
Que lui montre la conscience,
Sa ressource est le désespoir.

Nous, plaignons-le, ma tendre amie,
Plaignons toujours les malheureux ;
S'ils ont mal employé leur vie,
N'avons-nous pas failli comme eux?
Un juste retour sur moi-même,
Me rend indulgent aux erreurs;
Grondant les humains, je les aime,
Ils ont ma censure et mes pleurs.
Mais, des frénétiques folies

Eloignant la sombre couleur,
Je veux, par de bonnes saillies,
Dans mes vers tant soit peu moqueurs,
Démasquer les caricatures,
A *Calot* voler ses pinceaux,
Et par de burlesques peintures,
Egayer un peu mes tableaux.

Vois ce galant *sexagénaire*,
Perruque en tête, canne en main,
Tendre poliment le derrière;
Vois-le, singeant l'air enfantin,
Courir encor après les belles,
En trébuchant à chaque pas,
Et toujours persifflé par elles,
Toujours adorer leurs appas;
De la vieille galanterie,
Sur son doigt il sait le jargon;
Et faisant une apologie
De ses beaux airs et de son ton:
« *Bergère,* dit-il à sa belle,
» Daignez, daignez, daignez m'aimer;
» Je vous promets d'être fidèle;
» Je vous promets de vous charmer;
» D'abord, complaisant comme mille,
» Je sais, belle, que devant vous,
» Je dois, amant souple et docile,
» Me prosterner à deux genoux;
» Ensuite, aimable enchanteresse,
» Mille jolis petits cadeaux
» Vous convaincront de ma tendresse,
» Et de mes feux toujours nouveaux;
» Finalement, de la jeunesse

» Si je n'ai le brillant caquet,
» Au-moins j'aurai la politesse,
» La complaisance et le secret.

» Sans me vanter, je sais tout faire;
» D'à-plomb, je danse le menuet;
» Homme d'esprit, je puis, bergère,
» Vous composer un triolet;
» Vos charmes échauffent ma veine;
» J'ai fait pour de moindres beautés,
» Des *madrigaux*, à la douzaine,
» Qui, dans leur tems, étaient cités;
» Et puis, voyez comme je chante;
» Ce n'est pas du roucoulement,
» Mais c'est un son qui vous enchante,
» Et qui doit enchanter vraiment.
» Bergère, arbitre de mon ame,
» Votre esclave ôse vous aimer;
» Ah! souffrez son amour de flamme,
» Qu'il voudrait en vain réprimer ».
Il en dirait bien davantage,
Mais la toux a coupé sa voix.

A ce ridicule langage,
Bergère rit en tapinois;
Puis, doublant le pas, assassine
Le *vieillard* et débile et sot,
Qui, de loin, faisant grise mine,
Dit, *hélas! ce n'est pas mon lot.*

Bonasse, mais insupportable,
Vois cet *obligeant mal-adroit*,
Qui pour être trop serviable,
En tous lieux maudit à bon droit,

Sans avoir un grain de malice,
Plus importun que le méchant,
Vous met sans relâche au supplice,
Vous assomme en vous obligeant.
Deux amans sont *en tête-à-tête*,
Voilà notre homme: *serviteur.*
Mauvais ami, vrai trouble-fête,
Risible pour l'observateur,
Il donne aux filles des *antiennes*,
Des *chansonettes* aux mamans,
Au poëte des vers pour étrennes,
La gazette à lire, aux amans,
Il vante la brune à la blonde,
La bienfaisance à l'usurier,
La modestie aux gens du monde,
Et le régime au gros fermier.
Il va, vient, s'agite, s'empresse,
Tout le monde l'a sur les bras;
Employez la ruse et l'adresse,
C'est en vain, vous n'échappez pas
A sa diable de politesse;
J'accours, dit-il, au *bon moment;*
Et, comme il faut qu'on le confesse,
On lui rend grâce en enrageant.

Mais des mortels le plus maussade,
C'est cet *intrépide ennuyeux*,
A l'air gauche, au ton toujours fade,
Tel qu'il s'en rencontre en tous lieux;
Du plus loin, prenant son gros rire,
Maître sot tout embarrassé,
Sans avoir jamais rien à dire,
Vient à moi, d'un air empressé,
En sautillant sur chaque jambe;

(Après avoir toussé trois fois,
Pour prélude,) monsieur l'*ingambe*,
Contrefaisant sa belle voix,
S'informe alors de mes nouvelles,
Discourt, et par monts et par vaux,
De la tragédie et des belles,
De sa femme et de ses chevaux.
Après, pour dignement conclure,
De ses plaisirs et de ses goûts
Il fait la très-sotte peinture;
Bref, m'ayant pris par tous les bouts,
Mon faquin se range au silence;
Et souriant, s'applaudissant,
Veut paraître homme d'importance,
Quoiqu'il sente bien son néant;
Puis, faisant triple révérence,
Enchanté, dit-il, *au revoir*.
Ah! promettre l'ennui d'avance,
C'est le dernier coup d'assommoir.

Pour moi, qui point ne lui ressemble,
Je veux arrêter mon pinceau;
Car, joindre trop de sots ensemble,
Détruisant l'effet du tableau,
Geoffroi ferait mon horoscope;
Peindre les travers des humains,
C'est la toile de Pénélope,
L'œuvre s'agrandit dans les mains.
Je finis donc l'apologie,
Sans autre forme de procès;
Et, pour aujourd'hui, mon amie,
Nous voilà du mérite assez.

N.

www.ingramcontent.com/pod-product-compliance
Ingram Content Group UK Ltd.
Pitfield, Milton Keynes, MK11 3LW, UK
UKHW020540180726
13839UKWH00006B/2635

9 782329 158600